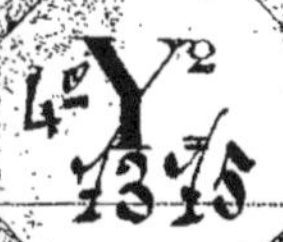

Benjamin RABIER

LES CONTES DE LA SOURIS BLEUE

LES CONTES
DE LA
SOURIS BLEUE

Texte et Illustrations
DE
BENJAMIN RABIER

PARIS
ÉDITIONS JULES TALLANDIER
75, Rue Dareau (XIVe)

TABLE DES MATIÈRES

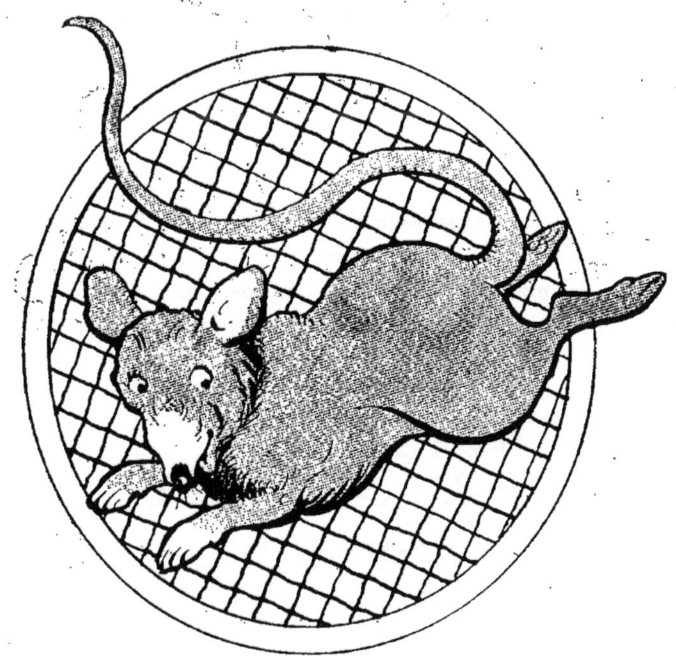

LE BON PIGLOU

La bonté est la plus grande des qualités humaines; mais elle s'abrite souvent sous une rude écorce.

Les hommes en offrent quelquefois l'exemple, et les bêtes aussi. Nous allons vous le prouver en vous présentant un grand dindon berrichon qui habitait la ferme des Blancherons, sise aux environs de Châteauroux.

Piglou ne pouvait supporter les injustices du sort à l'égard de ses amis de la ferme. Son cœur se serrait quand il apercevait, plantureuse et fumante, la pâtée de Briffaut, alors qu'un pauvre chien perdu, un malheureux chat

de gouttière et un minuscule canard sauvage n'avaient même pas de quoi tromper leur faim.

Piglou songea un jour à réparer cette injustice.

Dans un coin, il vit les trois affamés, dévorant de convoitise le déjeuner de Briffaut.

— Je veux, décida-t-il, que ces malheureuses bêtes goûtent un peu à ces mets délicats.

Sans avoir l'air de rien, négligemment, semblant se promener avec insouciance, Piglou, malgré la surveillance de Briffaut, se plaça entre la niche et la pâtée.

Puis, tranquillement, sans se presser le moins du monde, il écarta ses ailes, déploya les plumes de son panache et fit la roue.... une roue magistrale comme jamais il n'en avait fait.

Cet écran prodigieux fut mis à profit par les trois affamés, un moment dérobés au regard de Briffaut.

Le récipient fut vidé, nettoyé, séché en un clin d'œil.

Les trois larrons, le ventre plein, le sourire aux lèvres, s'enfuirent à la recherche d'un coin

favorable à leur digestion, tandis que le bon Piglou, fermant ses ailes, contemplait le chier Briffaut, retenu par une grosse chaîne, aboyant dans le vide, pleurant son déjeuner perdu....

LE LION JUGE DE PAIX

Sur les confins de la Nubie septentrionale, habitait un lion fameux : Romulus.

Connu à vingt lieues à la ronde pour sa probité,

pour sa sagesse et pour son intégrité, Romulus s'était rendu si populaire que son nom était devenu synonyme de JUSTICE.

Dès qu'un différend surgissait entre ses sujets, vite ils allaient lui soumettre le cas litigieux et implorer son jugement.

Un jour, deux singes, Ernest et Alfred, trouvèrent sur le sable un gros œuf, un œuf phénoménal.

Les deux amis revendiquaient la trouvaille.

— C'est moi qui, le premier, l'ai aperçu.

— Non.... C'est moi.

Ne pouvant se mettre d'accord, ils résolurent de soumettre le cas à Romulus.

L'œuf gigantesque fut déposé aux pieds du Juge, et les deux plaideurs jurèrent de se conformer à sa décision.

— Mes amis, dit le lion, le cas est embarrassant.... Tous deux, vous jurez avoir aperçu en même temps l'objet du litige. Eh bien, pour vous départager, le temps et la réflexion me sont absolument nécessaires. Revenez donc dans un mois; et d'ici là, j'aurai trouvé la solution qu'exige la plus stricte équité.

Les plaideurs s'éloignèrent.

Dès qu'ils furent partis, le lion couvrit de sable le gros œuf, et, paisiblement, il regagna son domicile.

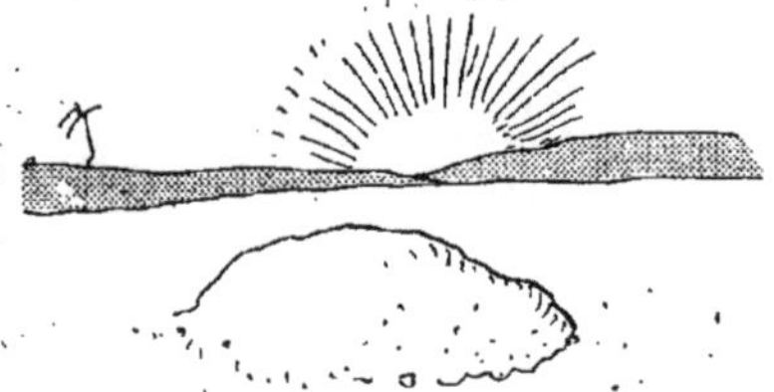

Ainsi enseveli sous le sable que chauffait le soleil, l'œuf finit par éclore un beau matin.

La coque se brisa pour laisser apparaître une jeune autruche, haute d'un mètre.

Le lion garda ce jeune poussin près de lui et attendit la venue des plaideurs.

Au jour indiqué, Ernest et Alfred se présentèrent exacts au rendez-vous.

— Ah! vous voici, braves amis, dit le juge en les apercevant. Arrivez vite.... Je vais vous mettre d'accord tous deux; ou plutôt non, car c'est votre trouvaille elle-même qui va apporter dans vos âmes un parfum bienfaisant d'honnête justice.

Et Romulus présenta les deux plaideurs à la jeune autruche en lui disant :

— Voici deux singes qui revendiquent ta propriété. Auquel désires-tu appartenir, mon enfant ?

Dans son langage spécial, l'oiseau répondit :

— A aucun de ces deux macaques.

Et, comme les singes faisaient mine de vouloir s'en approcher, elle saisit dans son bec l'appendice caudal d'Ernest, sans oublier Alfred qu'elle envoya d'un magistral coup de patte, mordre la poussière à douze pas de là.

Hurlant de douleur, les singes regagnèrent leurs pénates, tandis que l'autruche prenait tranquillement le chemin du désert.

Quant à Romulus, il rejoignit sa grotte avec la profonde satisfaction que donne l'irréprochable conscience.

Au lendemain de cet arrêt, Romulus reçut une autre visite.

Les plaideurs, cette fois, étaient de proportions quelque peu différentes : un éléphant et un jeune lapin.

— Que me veux-tu, petit ? demanda Romulus au lapin.

— Eh bien, voici, grand juge, répondit le petit rongeur.... Hier, je passais dans la forêt

quand j'ai rencontré l'éléphant que voici, Moloch.... Sans raison apparente, il s'est approché de moi et m'a tiré l'oreille avec sa trompe, prétextant que je broutais son herbe à lui.

— Bon, bon... dit le juge. Cet éléphant a tort et je le condamne immédiatement à la peine du talion. C'est toi qui lui tireras l'oreille, pauvre petit lapin qu'il a voulu brimer.

Et l'éléphant, soumis et docile, souleva le petit lapin avec sa trompe et se laissa tirer l'oreille par lui, ainsi qu'en avait décidé le grand juge.

Avouez qu'il y avait disproportion entre le jugement et le délit; mais Romulus n'y regardait pas de si près.

A quelques jours de là, le lion vit, non sans étonnement, les anciens plaideurs Ernest et Alfred qui revenaient vers lui. Ils avaient trouvé, cette fois, derrière le passage de quelque caravane, une grande paire de ciseaux.

— Ils sont à moi, dit Alfred.... Je les ai vus le premier.

— Non.. reprenait Ernest... c'est moi.

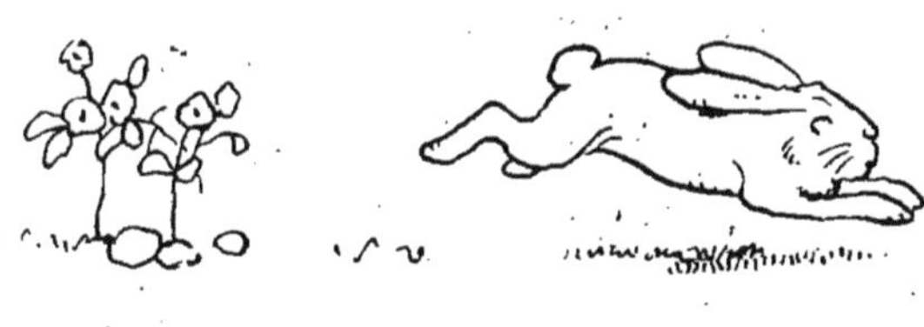

Romulus prit l'objet dans ses pattes et dit aux singes :

— Une seconde de réflexion, mes amis, et nous allons arranger cela.

Alors, séparant, sous l'effort de ses pattes, les deux branches des ciseaux, il remit aux plaideurs chacune des deux branches en leur disant :

— Voilà, mes amis.... Et maintenant, allez en paix.

LE POULET PRETENTIEUX

Risette couvait bien tranquillement dans le poulailler lorsque survint le malfaisant Gaston. Il mit en fuite la couveuse et lui déroba un œuf.

Rentré chez ses parents, le gamin ne savait où cacher son larcin, lorsqu'il aperçut à terre un ours gueule ouverte — un ours dont le corps s'emploie comme descente de lit. — Bonne cachette, se dit Gaston en s'éloignant.

Le chauffage de la pièce, un peu fortement poussé, eut pour résultat de faire éclore cet œuf.

La coquille se brisa... et, tout guilleret, sortit de la gueule de l'ours, un tout jeune poussin.

Depuis sa naissance un peu spéciale, notre élève-poulet, appelé Gaston, lui aussi, possédait un orgueil formidable.

Faisant état de son origine, il fréquentait peu ses frères qu'il traitait volontiers d'inférieurs.

— Que voulez-vous, leur disait-il, je suis, moi, le fils unique d'un ours blanc.

Il grandit ; et son orgueil grandit avec lui.

Un jour qu'il se promenait dans la prairie, un ours blanc — un vrai, celui-là — un ours qui s'était échappé d'une ménagerie des environs, rencontra le jeune présomptueux et, comme il avait faim... il le mangea.

Risette, qui, de loin, avait vu le jeune poulet disparaître dans la gueule de l'ours blanc, rencontra aux confins de la prairie, deux de ses meilleures amies.

— Tiens... voici la maman de Gaston, dit une d'elles....

— Où donc est votre fils?

— On ne le voit plus ajouta la seconde commère....

— Gaston ? répondit Risette, mais... il est retourné... chez son père.

LE MALICIEUX GOUPIL

Maître Goupil était le renard le plus facétieux et le plus malicieux de la forêt de Gâtine. Le nombre de bons tours qu'il joua aux hôtes de ces bois reste presque incalculable.

Rencontrant un jour le cerf Actéon, il lui dit :

— Ces branches que tu portes sur ta tête sont pour toi un bien gênant fardeau ?

— Oh oui, répondit Actéon.... Aussi suis-je heureux quand arrive la saison où mes bois tombent.

A quelque temps de là, Goupil rencontra notre cerf.

— Tiens... tes bois sont tombés, lui dit-il ?

— En effet, et je voudrais bien qu'ils ne repoussent jamais.

— J'ai un moyen qui te donnera toute satisfaction, reprit le renard, en montrant au cerf un bonnet de caoutchouc qu'il avait trouvé dans l'herbe.

C'était un bonnet comme, au bord de la mer, en portent les nageuses afin d'empêcher l'eau de mouiller leurs cheveux.

Actéon, tout joyeux, coiffe le bonnet.... Le renard fixa lui-même la coiffure avec la jugulaire caoutchoutée. Il l'accrocha solidement et souhaita bonne chance à notre cerf tout heureux d'être à tout jamais débarrassé de ses bois encombrants.

Goupil s'était, une fois de plus, moqué du naïf animal.

Les bois repoussèrent comme par le passé ; mais ils tendirent le caoutchouc qui, bientôt, prit la forme d'une coiffure monumentale....

Tous les habitants de la forêt vinrent admirer cette coiffure fantastique d'Actéon, qui, tout honteux, ne sait plus où se fourrer pour échapper aux rires et aux railleries continuelles

Goupil est présentement en train d'inspecter le contenu d'un panier déposé par quelque paysan sur un banc, à l'abri d'une fenêtre d'auberge.

En outre de quelques boîtes de conserves, le panier contenait des masques destinés aux enfants pour les fêtes du Carnaval. Goupil s'empara des deux plus beaux masques et regagna la forêt pour mieux réfléchir au bon tour qu'il allait bien pouvoir jouer

aux lapins des garennes environnantes.

— Avec ces deux figures de carton, pensa Goupil, je vais avoir du pain sur la planche pendant toute l'année.

Et, à l'aide d'un de ces masques, il alla boucher l'ouverture du grand terrier de la Hêtraie, qu'habitait une cinquantaine de rongeurs ; puis avec l'autre masque, il boucha la fermeture du terrier. A cette heure les lapins étaient sortis.

Quand ils voulurent rentrer, ils aperçurent à la porte de leur domicile une tête grimaçante ; et ils s'enfuirent épouvantés.

D'autres, à cet instant, se présentaient à la sortie.....

Ah, les malheureux... ils faillirent tomber de peur à la renverse.

Sans domicile, les lapins erraient sous les arbres.

Goupil en profita pour faire sa cueillette : deux, d'abord, furent accouplés par les oreilles.

Puis, il se remit en chasse ; et chaque fois qu'un lapin était pris, il avait à endurer le supplice de la chaîne.

Ainsi rivés les uns aux autres, les lapins étaient obligés de vivre sans jamais se séparer....

Goupil avait-il faim ? Vite il déta-

chait un lapin et déjeunait aussitôt. C'était le summum du pratique.

De temps en temps, pour varier son menu : le renard allait faire une promenade vers les fermes avoisinantes.

Le voici escaladant un petit mur pour passer par un soupirail qui conduit directement à la cuisine du château de la Rivière.

Ah... mes amis... que vit-il

devant lui quand il toucha au but ?

Un petit buffet contenant des victuailles choisies : des pâtés, de la volaille, des fruits....

Et quelle aubaine.... la porte était ouverte.

Goupil entra de plain-pied dans le meuble sympathique.

Mais il avait été vu par Julot, le chien du cuisinier....

Julot, à pas de loup, s'approcha du buffet, il poussa la porte..... On entendit le claquement d'un loquet ; le renard était pris et bien pris.

Qu'était donc ce meuble ? Tout simplement une glacière.

Je vous laisse à penser la tête que devait faire Goupil avec trente degrés au-dessous de zéro....

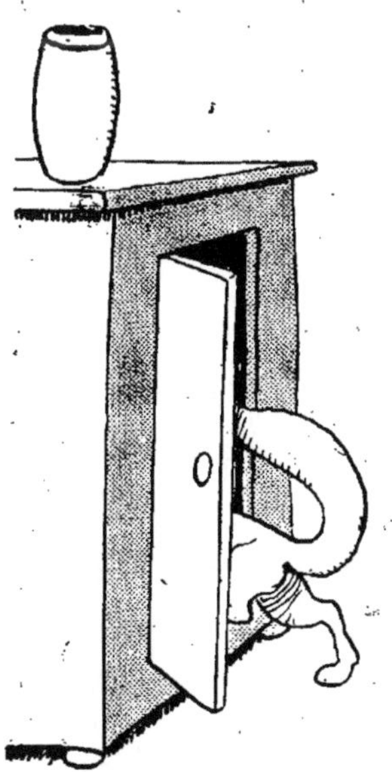

Julot laissa son prisonnier enfermé pendant une heure. Quand il rouvrit la porte, le renard n'était plus qu'un énorme glaçon.

On le plaça sur une planche à roulettes; et Gaston, le fils de l'instituteur, le promena ainsi

à travers le pays, jusqu'au moment où Goupil se mit à dégeler.

Il tomba alors inerte comme une loque. . . .

Et c'est ainsi que finit Goupil, le renard facétieux de la forêt de Gâtine.

LE LÉZARD ORGUEILLEUX

Oscar, un petit lézard des ruines de Saint-Chamond, avait un défaut :

il était orgueilleux et se croyait vraiment un fils de famille.

Un jour, sur son chemin, il trouva des gravures extraites d'un ouvrage zoologique.

L'une de ces gravures représentait un énorme crocodile et, le dessin qu'un texte accompagnait, prêtait à cette bête une longueur d'environ quatre mètres....

Oscar crut aussitôt se reconnaître dans l'image : même tête, mêmes pattes, même corps allongé, même queue.

— Je savais bien descendre d'une grande famille, s'écria le petit prétentieux.... Mes parents sont des crocodiles.... Vraiment, je ne suis pas fait pour vivre au milieu de ces animaux de si basse naissance et de

si modeste extraction. Vite, que j'aille rejoindre les crocodiles, mes vrais parents.

Oscar fit en hâte son paquet, dit un bref adieu à son amie, la taupe Réglisse, qui lui

souhaita bon voyage et, à petites étapes, Oscar gagna l'Égypte et les bords du Nil.

Arrivé à destination, il se présenta en ces termes aux nobles animaux de la région :

— C'est moi... moi, Oscar, descendant direct des crocodiles majestueux....

Vous devinez d'ici le succès qu'il remporta :

Ce fut un tollé général, des rires ironiques fusèrent de partout, accompagnés d'exclamations qui n'empê-

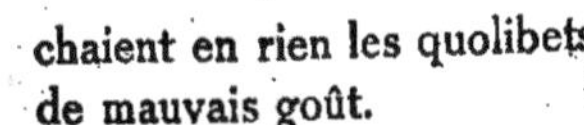

chaient en rien les quolibets de mauvais goût.

Vexé, mortifié, Oscar se sauva et confia ses peines à un marabout qui le prit dans son bec et, lentement, le ramena vers les ruines de Saint-Chamond, son domicile régulier.

Oscar, à présent, n'est plus prétentieux, il est devenu, au contraire, un exemple de modestie.

La leçon lui avait profité.

LES AMIS DE JEANNOT

Jeannot lapin eut un beau jour une idée diabolique.

Il la confia à son ami l'écureuil Grignon.

— J'ai trouvé, lui dit-il, le moyen de vivre en paix parmi les herbages fleuris de la prairie, sans craindre désormais les gros animaux de la forêt, mes ennemis; et je compte sur toi pour m'aider dans la réalisation de mon projet.

— Que faut-il faire ? mon cher Jeannot, répondit Grignon.

— A toi qui vis au sommet des grands arbres, il te sera facile d'apercevoir les grosses bêtes, dès qu'elles traversent la prairie.... En vois-tu une qui paraît? Vite tu me préviens en criant " sauve qui peut "....

— Compte sur moi, et amuse-toi bien, Jeannot

Tout confiant, Jeannot prit ses ébats dans les prés. sautant, dansant, se roulant sur l'herbe et cueillant des fleurs.... Tout à coup, il s'arrêta : du faîte d'un chêne, Grignon venait de crier "sauve qui peut"....

Dans sa fuite, Jeannot s'aperçut que l'animal annoncé par son ami n'était qu'un pauvre petit mouton innocent....

— Quel imbécile, dit Jeannot... les moutons n'ont jamais fait la guerre aux lapins.

A ce moment, un nouveau "sauve qui peut" retentit.

Jeannot prit ses jambes à son cou ; mais, en se retournant, il vit que l'animal annoncé était un bœuf.

— Quel idiot que cet écureuil, soupira Jeannot, tout en épongeant son pauvre front couvert de sueur.... Les bœufs n'ont jamais épouvanté les petits lapins....

Jeannot s'avança alors tout près de l'arbre qui servait d'observatoire à Grignon, avec la ferme intention de reprocher à son ami son abusive sottise ; mais en approchant du but, il entendit

un nouveau " sauve qui peut " lancé à tous poumons par le jeune Grignon.

— Bête que tu es, lui dit Jeannot... Sais-tu seulement ce que tu racontes ?

— Sauve qui peut... reprit Grignon.

— Tiens, voilà pour toi, idiot, lui répondit Jeannot, en accompagnant ces mots d'un délicieux pied de nez.

A cet instant, le lapin se retourna... et soudainement, il fut pris de stupeur. Devant lui, à dix pas, un renard le guettait.

Jeannot chercha son salut dans une fuite éperdue vers le terrier familial.

Mais hélas, trop tôt rejoint par la méchante bête, Jeannot lapin laissa une de ses oreilles dans la gueule du rusé.

Il put, heureusement, s'engouffrer dans un terrier ; et il fut quitte de cette aventure pour une oreille perdue.

Depuis ce jour, Jeannot se promène dans le bois avec son unique oreille, ce qui déchaîne les rires des habitants de l'endroit.

Cependant, notre jeune lapin n'en reste pas moins attaché à son idée première.

— J'ai eu, hélas, affaire avec un imbécile ; mais cette fois, je vais m'adresser à un être intelligent qui saura m'aider à vivre bien en paix dans ces bois.

Et il alla trouver son ami, le sanglier Robuste.

- Robuste, rends-moi un service.

— Avec plaisir, Jeannot.

— Voudrais-tu m'avertir dès que tu verras qu'un danger me menace ? Tu as de la taille, et mieux que moi, dissimulé dans l'herbe, tu verras l'ennemi s'approcher.

— Entendu mon petit.... Compte sur moi.... Quand je te sentirai menacé, je crierai à ma façon, en grognant.

...Et Jeannot s'éloigna, heureux et tranquille.

Habitué à lutter contre les animaux de grande taille, Robuste avertit vite Jeannot dès que la présence d'un gros animal fut signalée dans la forêt.

Cet animal était un ours.

Or les ours ne poursuivent pas les lapins.

Ainsi Jeannot laissa-t-il passer auprès de lui le plantigrade en murmurant à part soi.

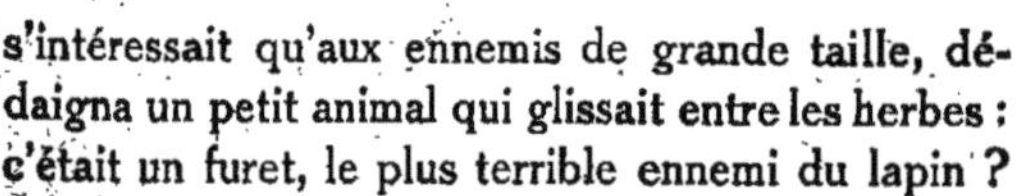

— Quel idiot encore que ce Robuste.

Notre lapin avait mal choisi son défenseur.

Robuste, dont l'œil ne s'intéressait qu'aux ennemis de grande taille, dédaigna un petit animal qui glissait entre les herbes : c'était un furet, le plus terrible ennemi du lapin ?

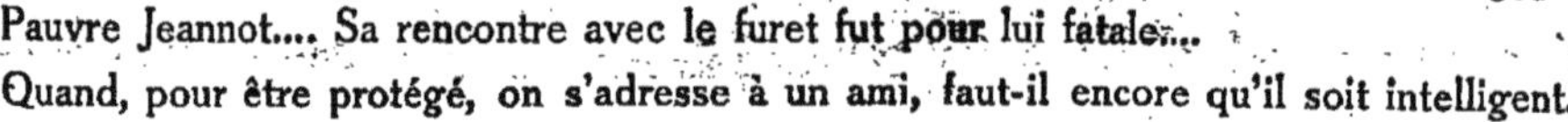

Pauvre Jeannot.... Sa rencontre avec le furet fut pour lui fatale...

Quand, pour être protégé, on s'adresse à un ami, faut-il encore qu'il soit intelligent.

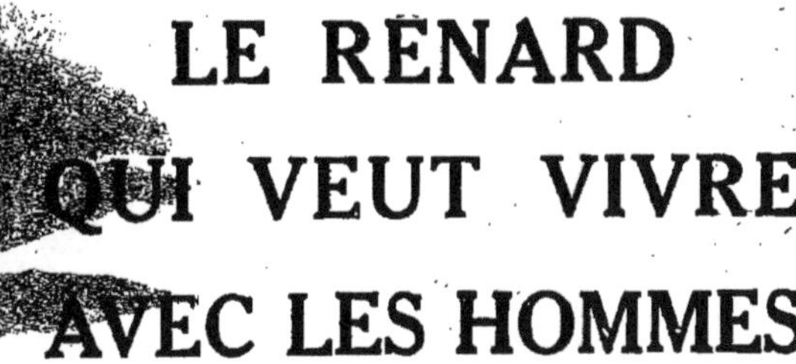

LE RENARD QUI VEUT VIVRE AVEC LES HOMMES

Goupil réfléchissait et pensait.

— Moi, malin, intelligent et plein d'esprit comme je suis, quelle est mon erreur de vivre avec ces êtres inférieurs qu'on nomme des animaux.... Ma place n'est-elle pas plutôt auprès de l'homme ?

Mais oui.... C'est près de ce roi de la création que je dois vivre.

Le renard alla conter ses ambitions à son ami Chocolat, un singe savant du Cirque Pierantoni.

— Je parlerai de toi à Monsieur Pierantoni, dit Chocolat.... Reviens demain.

Le lendemain, Goupil fut présenté au directeur du cirque, lequel emmena le nouveau venu assister à l'une de ces répétitions auxquelles prenaient part les différents pensionnaires de l'établissement : un éléphant jouait des cymbales, un singe dansait sur la queue d'un kangouroo, et un chien se livrait à des équilibres périlleux. Tout cela émerveilla le renard.

— Comme je voudrais, moi aussi, être artiste, dit-il.

— Parfait, répondit le directeur.... Je ferai de toi un équilibriste.

Et l'apprentissage pour le renard commença tout aussitôt.

Chaque fois que Goupil ratait un tour, il recevait un coup de bâton; c'était le procédé qu'employait le directeur pour faire entrer dans la

tête du renard le métier d'équilibriste.

Goupil eut bientôt assez de ce régime et le directeur lui proposa alors de tourner ses talents vers l'équitation.

Le renard, monté à califourchon sur un chien terre-neuve, devait faire plusieurs fois le tour du cirque sans être jamais désarçonné.

C'est aux alentours directs du cirque Pierantoni que Goupil commença son apprentissage d'écuyer à dos de chien.

Après plusieurs chutes douloureuses, le renard finit par se tenir en excellent équilibre sur le dos du terre-neuve.

Malheureusement pour le nouvel écuyer, un beau matin, quelque rat égaré vint à passer devant le nez du chien.... La bête se précipita aussitôt à sa poursuite.

Le rat disparut dans un soupirail... Le chien s'engouffra derrière lui.

Hélas, le soupirail était assez grand pour laisser passage à la monture, mais le cavalier ne put trouver sa place et vint s'écraser sur le mur.

Le renard se démolit la mâchoire et se brisa deux côtes.

Abandonnant alors le métier d'écuyer, il apprit à jongler avec des torches enflammées.

Un faux mouvement fut fatal à l'artiste : il reçut simultanément sur la tête, sur le museau et sur le pied les trois torches enflammées.

Pendant quinze jours, entre la vie et la mort, il ne dut son salut qu'à Chocolat, son ami fidèle, qui le soigna avec un dévouement sans égal.

Aussitôt guéri, Goupil abandonna la société des hommes, et il reprit le chemin du toit familial qui abritait encore Aglaé, sa tendre épouse, toute heureuse d'un retour qu'elle n'escomptait plus.

UN COUP DE VENT

Un jour de grand vent, Monsieur Pingrin se promenait à la campagne avec Edouard, son chien basset.

Tout à coup, la bourrasque enleva le chapeau de Monsieur Pingrin et l'envoya rouler au pied d'un rocher sur lequel était perché le brave homme.

Le rocher avait cinquante mètres de haut et Monsieur Pingrin se demandait comment il allait faire pour rentrer en possession de son couvre-chef.

Une idée lui vint : apercevant à terre une corde oubliée par quelque bûcheron voisin, il y attacha son chien et le fit descendre dans le vide afin de retrouver son bien.

Mais Monsieur Pingrin glissa sur l'herbe et l'on put voir homme, chien et corde faire un prodigieux plongeon.

Tout à coup la corde s'accrocha à une branche et Monsieur Pingrin se cramponna aux pattes arrières de son chien, suspendu lui-même dans le vide.

Les bassets possèdent une échine longue et flexible.

Sous le poids du bonhomme, le corps d'Édouard s'allongea.

Au bout d'une heure, il mesurait dix mètres cinquante au moins.

A ce moment, un craquement sinistre se fit entendre : c'était la branche qui venait de casser sous le poids du chien et de son maître qui, tous deux, tombèrent dans le vide.

Fort heureusement, au pied de la falaise se trouvait une bicoque de paysan.

Les malheureux arrivèrent en trombe sur le toit qui, bien entendu, se creva en amortissant la chute.

Monsieur Pingrin s'en tira avec une côte endolorie et quelques égratignures.

Quant à Édouard, il ne se fit aucun mal.

L'ennui se borna pour lui à trouver une sortie....

Pensez-donc... un chien de dix mètres cinquante ne se manœuvre pas facilement dans une bicoque de campagne.

Depuis ce jour, la vie d'Édouard se compliqua terriblement : son encombrante personne avait peine à s'adapter aux usages de la vie domestique ordinaire.

Une fois, Franchette, une laitière du Nivernais, s'embarrassa les pattes dans le basset et, bientôt elle se vit encerclée tout comme le Laocoon le fut par le Serpent.

Edouard ne pouvait plus reposer que dans un grenier....

Ah, il fallait le voir gagner sa couche

en serpentant entre les barreaux d'une échelle....

Comme c'était cocasse....

Quand Édouard visitait un terrier à lapins, il en sortait bien avant même d'y être entré complètement.

Fatigué de marcher ainsi, ventre à terre, il trouva le moyen de soulager son infirmité en plaçant sous lui deux solides éperons de cava-

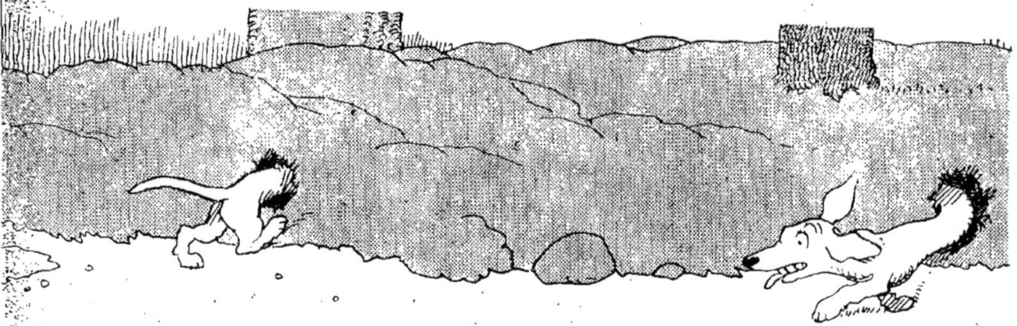

lier : les mollettes qui servaient de roues, lui rendirent d'appréciables services.

Plus tard, un vieux tuyau de cheminée lui protégea l'échine contre toutes défaillances possibles.

Enfin, dans les derniers temps de sa vie, Édouard, grâce à deux nœuds ordinaires, réussit tout de même à se raccourcir de quelques mètres.

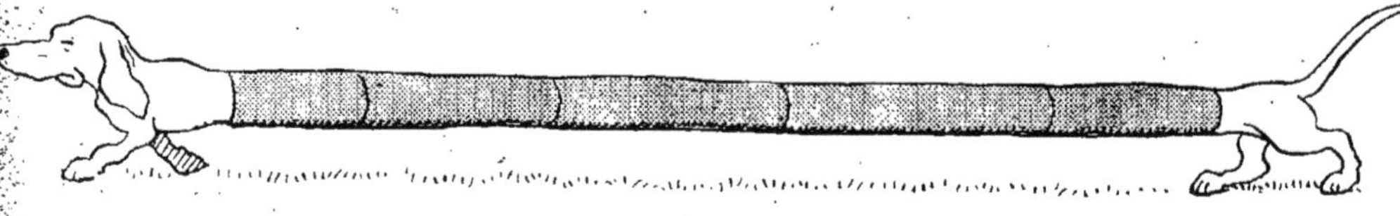

Mais, quand il mourut, il n'en fallut pas moins lui creuser une tombe qui pouvait avoir encore dans les deux mètres à deux mètres vingt-cinq....

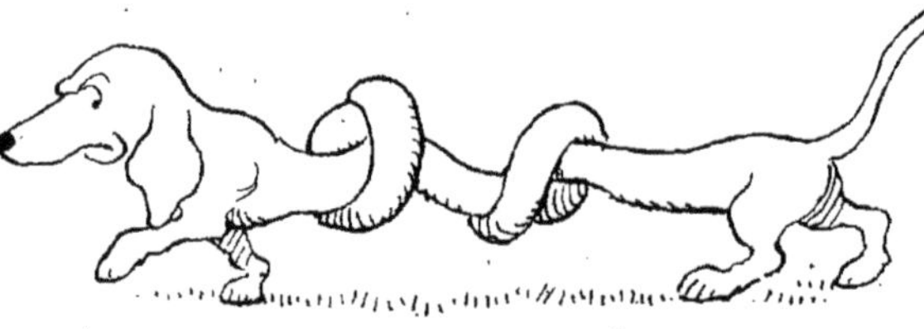

LE FORT ET LE FAIBLE

Serpolet était un petit lapin qui pensait.

Il vivait navré, écœuré, angoissé de tout ce qu'il voyait autour de lui.

Tout se résumait à cruautés et massacres : les faibles étaient dévorés par les forts; les grenouilles mangeaient les mouches sur l'eau des étangs, les canards mangeaient les grenouilles et les renards mangeaient les canards.

— On n'arrivera donc jamais à faire cesser ces tueries si barbares? dit un jour Serpolet à Martin, un brave bonhomme d'ours qui passait aux yeux de toutes les bêtes de la région pour être un sorcier.

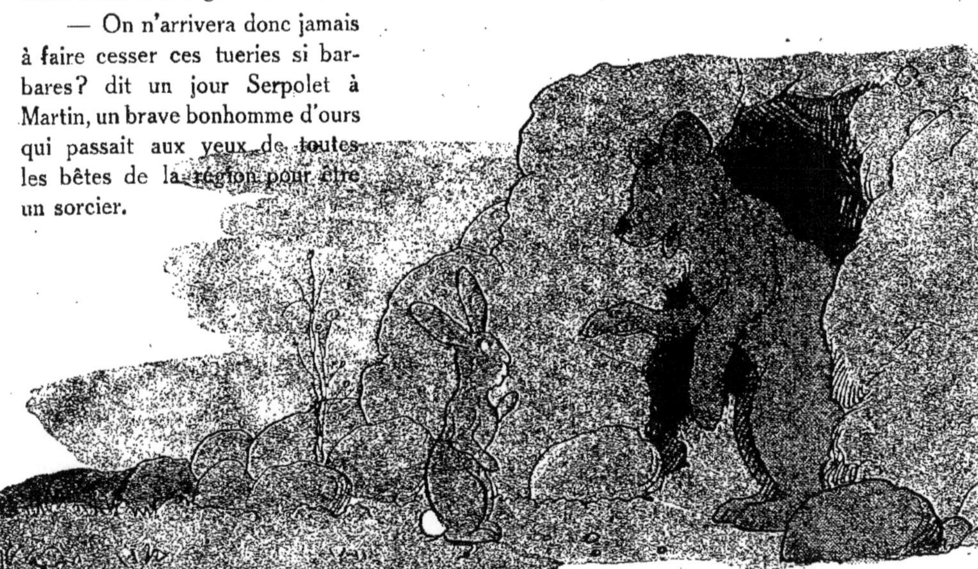

— Tu as raison, petit.... Aussi vais-je m'employer à faire cesser cet état de choses. Dès demain je vais commencer par parler au renard. Va en paix.

— Ainsi, dit au renard notre ours pacifique, ce que tu fais est abominable. Pourquoi ne te contentes-tu pas, comme moi, de vivre de fruits et de miel ?

— Que voulez-vous, Martin, répondit le renard... mes parents ne m'ont appris qu'à me nourrir de chair fraîche.

— Tu abuses de ta force... c'est mal.

— Les plus gros que moi n'abusent-ils pas de leur force sur moi ? Tu prêches dans le désert mon brave. Garde tes théories pour les simples et pour les innocents. Le monde est ainsi fait et nous n'y pouvons rien, ni l'un, ni l'autre.

Et le renard retourna faire la guerre aux poules, aux canards et aux lapins.

Un matin, en sortant du bois, il se

trouva face à face avec le loup, et comme le loup était le plus fort, il sauta sur le renard et... le mangea.

Avant de mourir, la pauvre bête eut la force de dire : « Comme j'avais raison!... ».

Et il parlait hélas trop vrai.... A peine avait-il rendu le dernier soupir qu'à deux pas de lui, un canard coursait une grenouille dans l'herbe, la saisissait et la dévorait.

Il y a sur terre des lois immuables, implacables, impérissables que nul ne peut anéantir. Il faut vivre avec elles et les subir jusqu'au dernier jour.

LE BON PÉLICAN BLANC

Un grand pélican blanc travaillait dans une ménagerie. Perché sur le toit d'une roulotte qui lui servait d'observatoire, il voyait se dérouler devant lui les péripéties de la vie champêtre.

Un jour, il aperçut un renard qui s'avançait lentement dans la direction de la ferme des Moulins.

Oh! oh!... se dit le pélican, voilà un gaillard dont l'aspect ne me dit rien de bon.... Il est temps que je fasse obstacle au danger.

Et, à tire d'ailes, le grand pélican blanc de la ménagerie s'envola vers la ferme. Il la trouva presque déserte.... Seule, une poule couvait mélancoliquement dans un poulailler.

— Sauve qui peut, cria le pélican... le renard est à moins de cinquante mètres de toi, pauvre poule.

— Je suis perdue, pensa la jeune maman, et ma couvée aussi.... Et dire que mes enfants allaient éclore aujourd'hui....

— Sauvons-les, lui dit le bon pélican blanc.

Alors, écartant la mâchoire, il ramassa tous les œufs qui tombèrent dans la poche extérieure de son gosier.

— Et maintenant, ma poulette, suis-moi jusqu'à la rivière.

Ce qui fut dit fut fait : la poule suivit le pélican. Arrivés au bord de la rivière, ils aperçurent le renard qui fonçait sur eux à toutes pattes.

La poule monta sur le dos du pélican qui se jeta à l'eau.

— Et vogue la galère...

Tout le monde débarqua à cinq mètres de là, sain et sauf.

Pendant le trajet, les poussins s'étaient évadés de leur coque et la petite poule se trouva soudain à la tête d'une joyeuse famille.

Ah! le bon pélican que le pélican blanc de la ménagerie....

L'ESCARGOT PRÉSOMPTUEUX

Un escargot se promenait dans l'herbe. Il était fier et follement prétentieux.

Il se croyait un demi-dieu, un être surnaturel ; et savez-vous pourquoi ?

Tout simplement parce qu'il possédait une maison et que cette maison, il la promenait sur lui.

Notre escargot, qui répondait au doux nom de Désiré, était pourri de prétention. S'il adressait la parole à d'autres bestioles, c'était avec un ton protecteur, tout rempli de commisération.

— Comme je te plains, disait-il à une pauvre sauterelle ... Tu n'as jamais l'esprit tranquille et tu vis dans

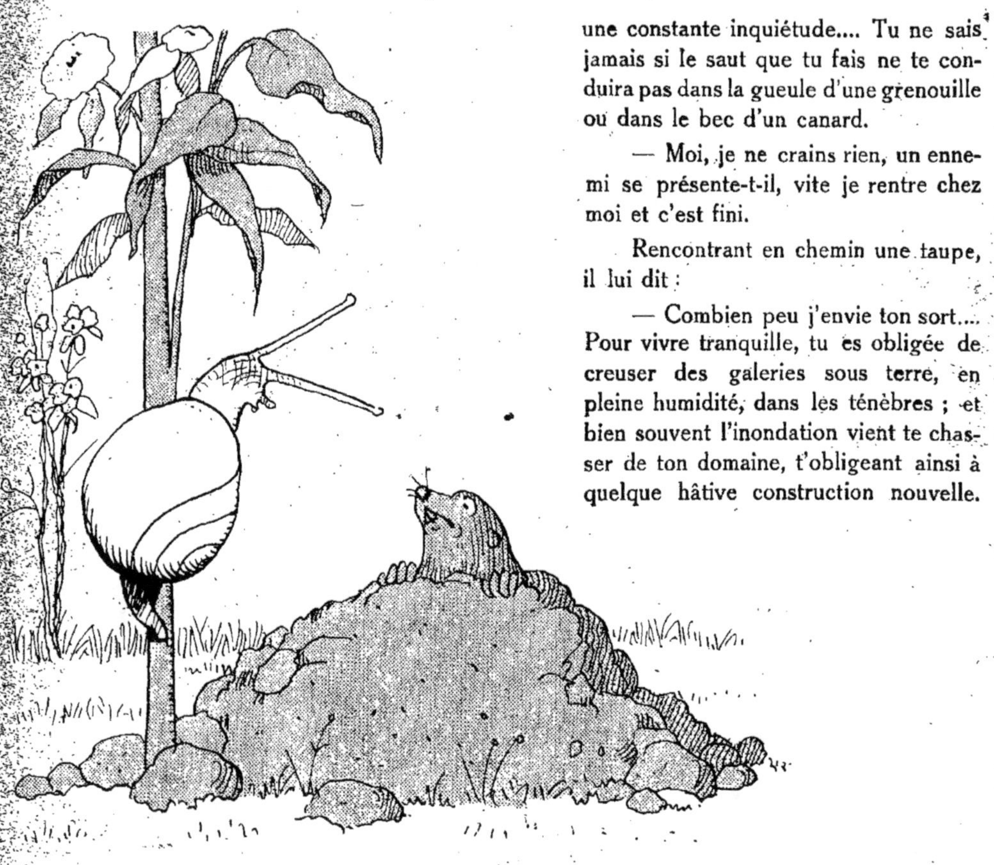

une constante inquiétude.... Tu ne sais jamais si le saut que tu fais ne te conduira pas dans la gueule d'une grenouille ou dans le bec d'un canard.

— Moi, je ne crains rien, un ennemi se présente-t-il, vite je rentre chez moi et c'est fini.

Rencontrant en chemin une taupe, il lui dit :

— Combien peu j'envie ton sort.... Pour vivre tranquille, tu es obligée de creuser des galeries sous terre, en pleine humidité, dans les ténèbres ; et bien souvent l'inondation vient te chasser de ton domaine, t'obligeant ainsi à quelque hâtive construction nouvelle.

A une grenouille il parla en ces termes :

— Pauvre bestiole, si comme moi tu possédais une maison, tu pourrais au moins t'abriter contre la voracité des canards.

Et à une limace, il lui reprocha sa ressemblance avec lui.

— Tu veux être moi, lui dit-il, et tu n'as même pas ta maison : tiens, tu me

fais pitié.... Vois là-bas ce mulot qui te regarde. Eh bien, c'est toi qui lui serviras de dîner. Quand à moi, bonsoir je te dis.... Je rentre chez moi.

Il n'avait pas terminé son monologue qu'une grosse main d'homme s'avançait pour s'abattre sur lui.

Notre pauvre escargot eut beau rentrer dans sa coquille... il n'en fut pas moins saisi, propriétaire et maison.

Et l'histoire termina ainsi : On ne revit jamais plus passer dans les sentiers de la prairie, le petit escargot présomptueux.

IMP. CREN.EU. R. DES SUISSES. PARIS

www.ingramcontent.com/pod-product-compliance
Ingram Content Group UK Ltd.
Pitfield, Milton Keynes, MK11 3LW, UK
UKHW022142170726
13837UKWH00004B/1732